EL BARCO DE VAPOR

Ojos negros

Lluís Farré

sm

www.literaturasm.com

Dirección editorial: Elsa Aguiar
Coordinación editorial: Berta Márquez

Título original: *Ulls negres*

Impresores, 2
Urbanización Prado del Espino
28660 Boadilla del Monte (Madrid)
www.grupo-sm.com

ATENCIÓN AL CLIENTE
Tel.: 902 121 323
Fax: 902 241 222
e-mail: clientes@grupo-sm.com

ISBN: 978-84-675-2712-4
Depósito legal: M-35707-2012
Impreso en la UE / *Printed in EU*

Para aquellos niños y niñas
que son diferentes.

Por tanto, para todos.

Al menor de los Calatayud, cuando nació, la comadrona le contó todos los dedos de los pies y de las manos, las orejas, los ojos, la nariz, e incluso la pilila.

De cada cosa tenía el número exacto. Ni una uña de más, ni media ceja de menos.

Escuchó todos los ruiditos
que había que escuchar,
y hasta miró que no hubiera ninguno
que no tocara.
El menor de los Calatayud
hacía todos los ruiditos que hay que hacer,
y ninguno de los que no.

A pesar de eso, cuando la comadrona se lo llevó a sus padres, les anunció, de la forma más delicada que pudo, que su pequeño era diferente.

–Su pequeño es diferente. Son negros. Los ojos... son negros.

–¡Ay, madre mía, qué disgusto! –exclamó la madre Calatayud.

–¡Ah, no! –saltó, como un muelle,
el padre Calatayud–. ¡Eso sí que no!
¿Hay que ver qué mala suerte!
¡Un diferente en la familia!
¿Acaso hemos hecho algo muy gordo,
para que nos toque precisamente a nosotros?
Toda la vida matándonos para tener
la casita y el huertito como los de todo el mundo,
un coche y un perro como los de todo el mundo,
y unos hijos con los ojos verde oliva
como los de todo el mundo,
para que ahora este niño
nos venga con diferencias.
¡Y así, como si nada! Ya lo veo venir.
¡Seremos el tema de conversación
de toda la ciudad!
Nos las veremos tú y yo, ya te aviso.

En el fondo de su pensamiento,
sin embargo, el padre de los Calatayud
hizo un esfuerzo de optimismo
y trató de convencerse de que esa especie
de arrebato de originalidad de su hijo
pasaría con el tiempo, y que sus ojos
finalmente adoptarían el color
que lucía todo el mundo.

De hecho, muchos niños
los tenían azul marino al nacer,
y con el tiempo cambiaban.
¡Pero negros!
Había oído hablar de los ojos negros.
¡Y no cambiaban!
Pero los de su pequeño, seguro que sí.
¡Seguro! ¿Seguro?

Evidentemente,
los ojos del menor de los Calatayud
no cambiaron de color.
Incluso parecía que con el tiempo
se le ennegrecían aún más.

–¡Solo nos faltaba eso!
¡Encima, recochineo!

Así que, durante mucho tiempo, el pequeño de los Calatayud y su padre se las vieron.

El pequeño de los Calatayud no entendía por qué era tan importante el color de sus ojos. Su hermana mayor tenía los cabellos color calabaza, como la bisabuela, y la cara llena de pecas, como un huevo de codorniz. Los otros Calatayud tenían el pelo de color rata mojada, y eran más oscuros de piel. Y su padre no decía nada sobre eso.

Su hermano era barrigón, como el tío. Los demás eran más bien flacuchos. Y su padre tampoco decía nada sobre eso.

La niña de los vecinos
era blanca como la leche
y lucía una melena tan negra
como los ojos de él.
Su hermano, por el contrario,
tenía una especie de nido desordenado
en la cabeza, casi tan blanco como su piel.
¡Y no pasaba nada!

La niña de los Hinojosa
tenía las piernas larguiruchas
y el culo respingón,
como el de una hormiga.
Su primo, el mayor de los Villalobo,
en cambio, era más bien paticorto y patituerto.

Los mellizos Asensio
tenían unos ojos como naranjas.
Pero su nueva hermanita
los tenía como dos rendijitas.
Y tampoco pasaba nada de nada
con ninguno de ellos.

–El color del pelo o de la barriga no cuentan. Ni el tamaño de la nariz o el largo de los dientes. En eso, todos somos diferentes. Pero los ojos, que es por donde vemos el fondo de la gente, todo el mundo los tiene verdes. ¡Todo el mundo! ¡Vete tú a saber qué se esconde detrás de unos ojos negros!

–Ah...

Y como vete a saber qué se esconde
detrás de unos ojos negros
–pero lo que sí sabían
era lo que iba a decir la gente,
sobre todo los niños, que ya se sabe
lo crueles que pueden llegar a ser–,
desde el principio, al salir de casa,
el pequeño de los Calatayud
tenía que llevar puestas unas gafas de sol
bien atadas al cogote con una gomita.

–Es que sus ojitos son de un verde oliva taaan delicado, que la luz del sol se los estropearía, pobrecito –contaban a quienes querían conocer la razón.

En la escuela,
el menor de los Calatayud
siempre tenía que sentarse
al lado de la ventana.
Si no, con las gafas oscuras,
no veía tres en un burro,
y no leía bien los ejercicios de matemáticas,
y se equivocaba al leer en voz alta
su redacción sobre el fin de semana.

Los días nublados,
la maestra le ponía una lamparita en la mesa.
Los días con más sol veía sin problemas,
pero se tostaba la mitad del cuerpo
como una gamba a la plancha.

En clase de plástica
siempre le salían unos dibujos muy raros,
porque los colores que utilizaba
no se parecían en nada
a los de los demás niños.

–Originales son, hay que decirlo
–comentaba siempre la maestra.

Cuando en gimnasia hacían carreras,
le tenían que pegar unos gritos tremendos
para que dejara de correr
y no se estampara contra la pared del patio,
porque las gafas se le empañaban con el sudor
y perdía el mundo de vista.

Y nadar, evidentemente,
lo tenía prohibidísimo.

Hasta que no se inventen unas gafas de sol subacuáticas, no nos podemos arriesgar a que el reflejo de la luz en el fondo de la piscina nos lo deslumbre y se nos ahogue. Así pues, solicitamos que se le dispense de esta actividad.

Atentamente: padres Calatayud.

–¿Seguro que las tiene que llevar a todas horas? ¡Es una lata, pobrecito! ¡Y algún día se nos va a lastimar, este niño! –les decían los maestros y las maestras a sus padres.

–¡Por supuesto que sí!
Mejor un par de chichones
a que se le estropeen esos ojitos suyos
taaan delicados, pobrecito.

Sin embargo, la gomita que sujetaba las gafas de sol al cogote se rompió un lunes por la tarde, mientras se rebozaba con barro, arena y hojas caídas en la placita del final de la calle, con los otros pequeños de cada casa.

Con la humedad, las gafas resbalaron nariz abajo. Y la menor de los Fernández, que rodaba detrás suyo como una croqueta a toda velocidad, sin poder frenar, se las aplastó.

Un silencio espeso, espesísimo, llenó la placita del final de la calle. Los ojos de todos los padres y madres de los pequeños de cada casa, sorprendidos, se dieron vuelta hacia el padre Calatayud, que empezó a repasar todas las hojas caídas en el suelo.

Algunos, inquietos,
gritaban a sus hijos que no miraran,
que no era de buena educación
y que quizá se les pegara
esa negrura en los ojos.

Los ojos de los pequeños de cada casa, sin embargo, quedaron clavados en los del menor de los Calatayud. Nunca habían visto nada parecido. Ni siquiera sabían que se pudiera tener los ojos de un color que no fuera verde oliva.

–¡Hala! ¡Qué pasada! ¡Son negros!
–Sí.
–Oooh... ¿Y lo ves todo oscuro?
–No.

–¿Y en blanco y negro?

–No.

–¿Y puedes ver de noche, como los gatos, los búhos y Drácula?

–No.

–¿Y a través de todas las cosas menos el plomo, como Supermán?

–No.

–¿Y duelen?

–No.

—¿Y puedes matar a alguien, muerto matado del todo para siempre jamás, si lo miras fijamente?

—¡No!

–Ah... Y entonces, ¿por qué llevas gafas de sol?
–No lo sé. Porque son diferentes.
–Ah... ¡Vaya!

–¡Eh! Tengo ciruelas para merendar. ¿Me las como y jugamos a ver quién escupe el hueso más lejos?

El padre Calatayud levantó la cabeza, se puso de pie y recogió las gafas aplastadas del suelo. No estaban rotas del todo. Solo tenían una patilla torcida, y la otra bailaba un poco. Apretó el tornillito flojo con la uña y, con la habilidad que siempre le había caracterizado, las dejó como antes.

Observó a su pequeño,
que tomaba impulso para superar
el tiro fenomenal de la menor de los Ribera,
se acercó a él, lo apretó fuerte contra su pecho,
le pidió perdón al oído, y tiró las gafas
en la papelera que tenía más cerca.

TE CUENTO QUE LLUÍS FARRÉ...

... de pequeño pensaba que sería uno de los veterinarios que toman la fiebre a los hipopótamos en el Zoo de Barcelona, o pastor de cabras y ovejas en Horta de Sant Joan, el pueblito de su familia. Pero estudió Bellas Artes y empezó a trabajar como ilustrador por esas cosas que pasan.

Con el tiempo, a base de leer cuentos y cuentos y cuentos (porque cuando se es ilustrador se leen montañas de cuentos), empezó a escribir sus propias historias. Unas veces las ilustra él mismo; otras, amigos ilustradores. Pero en todas ellas sus personajes tienen un cachito de él mismo: ya sean niños grises o niños especiales, niñas devoradoras de libros o niñas miedicas, dragones comegente, arañas costureras u ovejas trotamundos. Y gracias a algunos de estos libros, le han caído unos cuantos premios, como autor, como ilustrador, o como las dos cosas a la vez. Y lo cuenta. Porque aunque de esa guisa aún no ha protagonizado ninguna de sus historias, Lluís también tiene un cachito de niño fardón.

¿QUIERES LEER MÁS?

SI DESPUÉS DE LEER **OJOS NEGROS** TE HAS QUEDADO CON GANAS DE SABER CÓMO VIVEN OTROS NIÑOS, NO TE PUEDES PERDER **NIÑOS DEL MUNDO.** Un libro para descubrir el mundo a través de la vida cotidiana de muchos niños.

NIÑOS DEL MUNDO
Anne-Sophie Baumann

NO ES FÁCIL SER DISTINTO EN UN SITIO DONDE TODOS SON IGUALES. EL NIÑO CALATAYUD LO SABE DESDE QUE NACIÓ, Y TAMBIÉN LO VA A DESCUBRIR **EL GIGANTE PEQUEÑO.** Al gigante pequeño todo le viene grande: el castillo, los charcos, el río... Por eso decide emprender un largo viaje en busca de una vida mejor. ¿Habrá alguien que pueda apreciarle en su justa medida?

EL GIGANTE PEQUEÑO
Andrés Guerrero
EL BARCO DE VAPOR, SERIE BLANCA, N.º 106

TODOS LOS NIÑOS SON GUAPOS... O FEOS. DEPENDE DE QUIÉN LOS MIRE. Y SI NO QUE SE LO DIGAN A LA BRUJA TONTUNA, LA PROTAGONISTA DE **SIETE BRUJAS Y EL BEBÉ MÁS FEO DEL MUNDO.** Tontuna se muere por tener un hijo chiquito y tierno, cabezón como un pulpo y sonrosado como un cerdito. Como las brujas no suelen tener hijos, Tontuna fabrica un bebé en su caldero mágico. Pero lo que sale le parece tan horrible, que pide ayuda a sus seis amigas brujas para cambiarlo por un cachorro humano.

SIETE BRUJAS Y EL BEBÉ MÁS FEO DEL MUNDO

Gloria Sánchez

EL BARCO DE VAPOR, SERIE AZUL, N.º 160

SI TE GUSTAN LAS HISTORIAS COMO **OJOS NEGROS**, DONDE EL CARIÑO Y LA AMISTAD SIEMPRE GANAN LA PARTIDA. NO DEJES DE LEER **KIWI.** La vida cotidiana de los animales de la granja se ve alterada de repente. Ha llegado un paquete cuyo contenido llenará de emoción, ternura y cariño a Perro, el fiel guardián. ¿Qué aventuras se desencadenarán con la llegada del correo?

KIWI

Carmen Posadas

EL BARCO DE VAPOR, SERIE BLANCA, N.º 6